雲雀叫了一整天

木心作品集

1987年於紐約東村

素描旅者

廿五歲的那年的春天
我在諾曼第作素描旅者
也就是背負行囊進出旅店
裝作研究畫道，觀察風景
然後發呆，不知明天做什麼
散步，是為了一灣小溪
入店，是聞到油炸薯條的香味
幽會，在長滿櫻草的土坑裡
田野，麥林，日出，晚霞，月光
我遊蕩在依波爾和艾特樂達之間
海岸高而直，像巍巍的城牆
踏著細軟的茸草，步行放歌
遠處碧綠的海，棕色的帆船
茂密的野菊和罌粟花
村裡有座頹時的尖頂鐘樓
海鷗繞著我，大聲叫
同時還可以坐在一處泉孔邊
俯身啜飲沿溢鼻尖和鬍子的泉水
確實像接吻那樣地銷魂
隨你自己去想像是在和誰接吻

手跡

編輯弁言

木心的文章總是空襲式的，上世紀八〇年代他的《瓊美卡隨想錄》、《溫莎墓園》、《即興判斷》……曾那樣空襲過台灣不同世代即使最挑剔的讀者。一如葉公好龍，神龍驟臨，讓我們驚駭、感激、困惑、羞慚……像舉手遮眉抬頭望向天際，這些穿透二十世紀的文明劫滅或藝術心靈墮壞的灰色長空，如自在飛花，卻又如旋風如光燄爆炸的詩句，究竟從何而來？

他像是來自遙遠古代的墜落神祇——在某個意義上說，木心的那個世界，那個精緻的、熠熠為光的、愛智的、澹泊卻又為美為精神性叩問而騷亂的世界，在他展開他那淡泊、旖旎的文字卷軸時，早已崩毀覆滅，「世界早已精緻得只等毀滅」——他像一個孤證，像空谷跫音，像一個「原本該如是美麗的文明」之人質。有時悲哀沉思，有時誠懇發脾氣；有時嘿笑如惡童，有時演奏起那絕美故事，銷魂忘我；有時險峻刻誚，有時傷懷綿綿。

我們閱讀木心，他的散文、小說、詩、俳句、札記，如織如梭，難免被他那不可思議廣闊的心靈幅展而顫慄。我們為其全景自由的洞見而激動而豔羨，為其風骨儀態而拜倒而自愧。他是結結實實的懷疑主義者；他博學狡猾如狐狸，冷眼人世，似與老莊、希臘賢哲、魏晉文士、蒙田、尼采、龐德、波赫士……在一穿過人類文明曠野的馬車，蹦跳恣笑、噴煙吐霧；卻又古典柔慈在童年庭園中，以他超前二十世紀之新，將那裹脅著悠緩人情，戰爭離亂，文明劫毀之前的長夜，某些哲人如檻中困獸負手踱室，卻一臉煥然的光景，像煙火燒燎成一個個花團錦簇的夢。

此次印刻出版社推出之「木心作品集」，是目前為止海峽兩岸木心文集最完整之版本，其中《詩經演》一部，應可一慰讀者渴慕之情。哲人已逝，這整套「木心作品集」的面世，對我們，或如漫遊一整座諸神棲止的嗻語森林，一部二十世紀心靈文明墮敗與掙跳，全景幻燈，摺藏隱喻於他翩翩詩句中的整齣《紅樓夢》。

目錄

編輯弁言 7

上輯

大心情 23
火車中的情詩 24
哭 26
格瓦斯 28

哈理遜的回憶 30
女優的肖像 31
貴客 33
二十世紀三十年代的美國 35
伏爾加 36
巴黎六條新聞 37
伊斯坦堡 39
論誘惑 41
永井荷風的日本國 42
爪哇國 44
謝肉節的早晨 45
時間囊 47
多羅德婭 48

惠特曼 50
帆船頌 51
論悲傷 54
論德國 55
象徵關 56
道路的記憶 58
古希臘 61
蒸汽時代 63
而我輩也曾有過青春 66
安息吧，仇敵們 68
如傷 70
夢中賽馬 73
知與愛 75

德國 77
卡夫卡的舊筆記 80
佩特拉克 82
寬容的夜色 83
知堂詩素錄 85
路菜 91
好吃 94
歐陸小子在抬頭 96
假的 100
從前慢 102
辛亥革命 104
風吹作響的板扉 107
愛爾蘭 110

修船的聲音 112
克里斯港舊居 114
河邊樓 117
春汗 120
素描旅者 123
擁楫 126
白香日注 130
謔庵片簡 134
天慵生語 136
香奩新詠 137
京師五月 140
北京秋 141
城和橋 144

楊子九記 146
西湖 148
少年朝食 151
單衣 154
伯律珂斯的演說 157
甲行日注 159
甲行日注又 161
明季鄉試 162
加拿大魁北克有一家餐廳 166
慕尼黑市政府廣場有好餐館 168
我與德國 169
西班牙人 171
我至今猶在等候 174

浮士繪 176
清嘉錄 178
春 181
水仙 182
普希金的別調 183
我 185
跟秋天的落葉一樣多 186
一九〇一年 188
韓家潭 189
取人篇 193
膚色頌 196
人香 199
抱背篇 201

跟蹤者 204
夜詞 206
葉賽寧 210
五月 213
天意人工 214
盧梭 216
失去的氛圍 217
農家 219
色論 220
浣花溪歸 226
夏日山居 231
燈塔中的畫家 235
波斯王卡斯賓 239

荷蘭 241
麵包 244
寂寞 246
唯音樂如故 248
Parma 251
二十世紀的最後一天 253
巴黎——法蘭克福 257

下輯 261

後記 369

上輯

大心情

文藝復興是一種心情
此心情氤氳了整個歐羅巴
別的盛衰可依其行為而蹤跡之
文藝復興至今言猶在耳事猶在身
雖然不會再來雖然是這樣

火車中的情詩

冬季一月
從佩魯迦搭火車
到西西里、巴勒莫
那青年坐在我對面
他是假期來羅馬會女友的
雙方的父母都反對這個交往
他掏出自己寫的情詩念給我聽

我讚賞，我說：羅密歐與茱麗葉
愛才是生命，然後生命才能愛
我想莎士比亞的原意如此
他點點頭，小聲道：我要對她說的

哭

那年的一月
自二十二日起
全英國晴旱無雨
乾燥造成噩夢樣的氣氛
聖朱理奧教堂附近
冬天尤其顯得壯闊
白鴿，烏鴉，灰海鷗

巨石屹立岸邊
海浪猛擊懸崖
躥躍好幾百尺，化為白沫
另有一類鬼怪樣的飛鳥撲來
這裡的花都是深紫色的
我倒並不悲傷
只是想放聲大哭一場

（哈代）

格瓦斯

一九五九年
北京
莫斯科餐廳
吃罷通心粉、奧洛夫小牛肉
添了一杯格瓦斯
在俄國小說中、蘇聯電影中
屢次見聞過格瓦斯

灰褐色，涼涼的，澀
一點也不好吃
平民性格，剛毅木訥
不僅愛，而且是愛上了

我們是小說的兒子
我們是電影的兒子
我們將要什麼都不是了
想喝格瓦斯也喝不到了
人也在美國二十四年了

哈理遜的回憶

屠格涅夫來了
我被派去領他參觀
我敢請他說幾句俄文麼
他那模樣像隻白獅子
阿呀呀，好一口流利的英語
令人失望透頂了

女優的肖像

但我願一死了卻塵緣
因為愛情也要澌滅

如同在培斯城那樣
看年輕的女優演悲劇
觀眾痛哭流涕
已成了倫敦的風氣

四十年沒有濕過的眼睛也熱淚盈眶
英王英后見此情景不禁仰面又低頭
反對黨在座池裡拭眼睛
懷疑主義者 Sharidan 向壁抽泣
戲院內部的人一片唏噓
兩個年老的喜劇演員互相問道
「朋友，我的臉和你一樣蒼白麼」
凡是沒有淚水的眼，便被人看不起

貴客

經過好幾種名酒和一杯陳年白蘭地
我膽量益壯，今晚入席以來可稱從容自得
拜杰瑞不是讓你對答如流的主人
任何事物談過兩分鐘他就轉換話題
正當我對巴洛克藝術發表警僻的見解
主人打斷我的話頭問我喜歡不喜歡鸚鵡
我忍住怒氣聽拜杰瑞說鸚鵡的故事

正想講一段比他更有逸趣的傳奇
不料拜杰瑞談起貝多芬的青年時期來
為了奉承我他不得不把話說得十分簡練
接下來，我對本維努托・切利尼
維多利亞女皇、運動、上帝、菲利浦斯
摩爾人的建築風格，都作出不少雋句妙言
結果，拜杰瑞公爵認為我是尊貴的客人

二十世紀三十年代的美國

戰爭、經濟大蕭條
自有一種安貧樂道之風
如果問問九十歲的人
什麼是你一生中最快樂的時光
他會說：三十年代
因為我們甘苦與共

伏爾加

一次次從伏爾加汽輪上登陸
直到發覺，已經深入俄羅斯腹地了
樹葉散著香味，白樺的枝條完好
修建這家農舍的是一對年輕夫婦
他們和別的農民那樣被煙燻黑了
他們可以提供家庭式的服務，需要現金
裡屋有一張長凳，一把茶壺，一只大袋子
袋裡裝滿了甘草，發散安息的香氣

巴黎六條新聞

一八一五年三月
法國巴黎有家報紙
先後發佈了這樣六條新聞

科西嘉的怪物在茹安港登陸
吃人魔王向格拉斯前進
篡位者進入格拉布林

波拿帕特占領里昂
拿破崙接近楓丹白露
陛下將於今日抵達忠實於他的巴黎

伊斯坦堡

深秋薄暮的伊斯坦堡
路人穿著黯淡的厚外套
凡事到了回憶的時候
真實得像假的一樣

遠古的拜占庭無足為奇
奧圖曼帝君也面熟陌生

一頭撞進愛國主義的懷抱裡
零零落落的卻是歐化的物質文明

石板街道，老木屋，黴夜失火的船
廢棄的港口，野狗，垃圾，街車
女眷幽閨，奴隸市場，負重的人駝
禁酒的戒令，回教托缽僧客棧

紀德、芮爾瓦、戈蒂耶、福樓拜
他們才是伊斯坦堡的舊情人
阿麥特・拉辛說，他說
一個地方的風景，在於它的傷感

論誘惑

「我能抗拒任何事物
除了誘惑」（王爾德）

我能抗拒任何誘惑
直到它們被我所誘惑

永井荷風的日本國

日本的都市外觀
社會的風俗人情
或者不遠將全部改變了吧
可傷痛的，將美國化了吧
可鄙夷的，將德國化了吧
日本的氣候，天象與草木
黑潮的水流所浸的火山質

初夏或晚秋的夕陽將永遠緋紅
中秋夜月的山水將永遠靛青
落在茶花和紅梅上的春雪
也將永遠如友禪的印花綢之絢爛吧
婦女也將永遠誇稱水梳頭髮的美吧

爪哇國

從前的人真有趣
他們要形容荒唐
便說「一錯錯到了爪哇國」
他們以為爪哇是最遠的了
你想明朝人有多可愛

謝肉節的早晨

紀念托爾斯泰

凌晨四點多離開舞會
回家躺了一刻
再出門時天已大明
屋簷都滴著水，滴著，滴著
老上校住在城郊，近田野
田野盡頭是遊樂場

另頭是女子中學
穿度冷清的巷子，轉上大街
行人，淌過運木柴的雪橇
馬匹套著光華的車輪
有節奏地搖擺著濕漉漉的腦袋
車夫身披油衣，足蹬肥大的皮靴
啪噠啪噠走在雪橇旁
街邊的房屋，霧中顯得很高大
好像要發生什麼事
當然，又是什麼事都沒有發生

時間囊

Time Capsule
亞特蘭大 Oglethorpe 大學
於一九四〇年在校園游泳池
建立「文明窖藏」
Crypt of Civilization
這個時間囊裡儲藏了《聖經》
《可蘭經》，但丁《神曲》，唐老鴨
假睫毛，馬桶刷，百威啤酒

多羅德婭

撒滿樹葉鳥糞的桌邊坐下
佩拉用抹布使勁拭過
鋪上新紙，問什麼酒
藹列斯（顏色彷彿白蘭地
香味濃郁的葡萄酒）
我們又喝了第二瓶
還品嘗當地的血腸

和保加利亞的根本不能比

天色已經完全黑落，沒月亮

多羅德婭此時才說

「你怎麼這麼遲來

我還以為你被打死了」

誰會打死我呢

「怎麼沒有人，燒炭黨徒呀」

她看到我臉上的表情，便道

「我這都是被嚇出來的」

惠特曼

五月是鳥的月份
是蜜蜂的月份
是紫丁香的月份
是惠特曼出生的月份

帆船頌

帆船的誕生、發展
航海史上地位重要
數千年，各類型帆船
滿足不同的用途、需求

一八八〇年，首創蒸汽輪航
海上的帆船不斷改進

保持霸權，百年
輪船還是不能取代帆船

西班牙高尾樓的蓋利安
笨重，在海上橫行了三百年
其後裔，大型四桅 Bark
又在風浪中揚威六十年

帆船有性格，有一生的命運
因為帆船是有靈魂的
帆船一身無處不健美
任何細節都扣住海，扣住航行

破舊的帆船擱在岸灘上
住著一家誠實的善心人
帆船能駛進童話、神話
輪船就駛不進

論悲傷

不過我所說的悲傷
和別人所說的悲傷是兩樣的

論德國

德國豬腳著名全球
幾位德國朋友都說
他們半年也不吃一次
這是很好的哲學命題

象徵闕

波特萊爾要出頭
處境困難
前有雨果、巴爾札克
司湯達爾、大仲馬、梅里美
喬治桑……
後有左拉、莫泊桑
法朗士、都德

同輩是福樓拜、龔古爾兄弟

波特萊爾說要寫得快
而且彈無虛發
一邊洗澡一邊寫
一手摟情婦一手寫

不入象徵主義非夫也
出不了象徵主義亦不是角色

此等情事已過去了一百多年
考核詩人是否合格
還是要在這關口見真章

道路的記憶

知堂回想錄

最初是在崇文門內盔甲廠
乃為北京內城的西南隅
隨後遷到西郊的海淀
離西直門很遠，十幾里路吧
中午叫工友去買一盤炒麵

外帶兩個窩果兒，即汆雞子
冬天，放下車簾一路大吃
等得到達也就可以吃完了

旅館是在船板胡同的陋巷裡
躲了幾天，有時溜出去買英文報
買青林堂日本點心，很有意思
還買法國的葡萄酒、苦艾酒

冬日到家裡要六點多鐘了
天色已經昏黑，有披星戴月之感
路實在長得可以，下午四點才下課
幸而數年之後學校就搬了家

新校址在西郊簍斗橋
據說是明朝米家的花園
不過木石亭榭均已不存
進門後的一座石橋還是舊物

古希臘

世間都說古希臘有美妙神話
這自然是事實只須一談便知
之所以如此原來是很有道理的
說出來聽聽就覺得更有意思

古代埃及印度也有特別的神話
它們的模樣牛首鳥頭猙獰可怕

事蹟也怪異脫不出宗教的恫嚇
與藝術有一層間隔穿之不破

希臘的神話起源本亦相同
逐漸轉變粗厲衍為精茂了
希臘民族不是受祭司支配的
他們受詩人引導由藝術家締造
《知堂回想錄》

蒸汽時代

施篤姆

許多年過去了
我在德國中部旅行後
蒸汽機時代已經降臨
火車站是很大的
終點以後還有五英里路程

我換乘舒適的彈簧馬車
秋高氣爽，把篷帳推落
故鄉的景物慢慢顯出來
再不久，森林消失
土埂籬笆消失
眼前展開一片沒有樹木的平原
如此的無邊無際我已經不習慣了
幸虧空曠的地段並非很長
馬車已駛進城裡的石砌街道
行人們向我招呼，我答禮
遊目貪看那些房屋的頂層
懸掛在牆洞間的銅鐘
棲滿了密密麻麻的燕子

一忽兒成群飛起
一忽兒啾啾唧唧
我知道牠們準備遠行
這裡的陽光不夠溫暖
涼風陣陣，黃葉飄零
彷彿聽見古老的歌
「當我歸來時
啊，我歸來時
一切都已成空」

而我輩也曾有過青春

二戰結束後的上海街頭
充斥著美國的剩餘軍用物資
高幫結帶的皮靴
是我一時之最愛
小罐的什錦起司
冷吃熱吃都要得
巧克力，石硬，奇香

咬嚼起來野蠻文明兼而有之
試想，藝術學校天荒地老的宿舍裡
吃美國大兵剩下來的飼料
讀俄羅斯悲天憫人的長篇小說
八年離亂熬過去了
人躺著，兩腳高擱床檔上
滿腦子意大利文藝復興法國印象派
這便是我輩動輒大言不慚的黑色青春

美國軍用物資——二戰結束，如將此類物資運返美國，所費高於其價值，因此打成「救濟包」撥給香港、內地。性質上屬於聯合國善後救濟總署的範圍。

安息吧，仇敵們

世俗的功成名就
明顯地有限度
即以其限度
指證著成功之真實不虛
既如此，我拆閱了紛紛的祝賀信
為層疊的花籃逐一添水

我不像一個勝利者
我的仇家敵手都已死亡、癡呆
他們沒有看到我蒼白而發光的臉
我無由登臺向他們作壯麗演說
倒像是個失敗者那樣默默低下頭來
安息吧，我的仇敵們

如偈

藝海如宦海
沉浮五十年
榮辱萬事過
貴賤一身兼
我亦飄零久
移樽美利堅
避秦重振筆

抖擻三百篇
問君胡能爾
向笑終無言
樓高清入骨
山遠淡失巔
人道天連水
我意水接天
肝膽忽相照
鐘鼎永傳衍
會當飲美酒
顧盼若神仙
被服紈與素
轀輬致而堅

窺戶多魑魅
幕重豈容見
晚晴風光好
大夢覺猶眠
每憶兒時景
蓮葉何田田

夢中賽馬

成名，好像夢中賽馬
成名是再要無名已經不可能了
回想過去的三十年、四十年
每秒鐘窮困，每步路潦倒

陰霾長街，小食鋪
幾個難友用一只酒碗輪流喝

那種斯文，那種顧盼自雄
屢敗，屢戰，前途茫茫光明

每秒鐘每步路都窮困潦倒
三十年，四十年過去了
成名，好像夢中賽馬
再要隱姓埋名已經不可能了

知與愛

我願他人活在我身上
我願自己活在他人身上
這是「知」

我曾經活在他人身上
他人曾經活在我身上
這是「愛」

雷奧納多說
知得愈多，愛得愈多
愛得愈多，知得愈多
知與愛永成正比

德國

我久住在德國
為什麼而久住在德國

德國東鄰波蘭、捷克
南接奧地利、瑞士
西界法國、荷蘭、比利時、盧森堡
北與丹麥相連

我久住在德國
為什麼而離開德國

法國朋友說
「當一個地方與你太像了的時候
這個地方對你不再有益」

德國與我太像了
啤酒比礦泉還便宜
Pilsner Schwarzbiere
別喝過頭
在德國，慕尼黑

醉態是醜態

我的鋼琴教師
有很多外國朋友
我問「哪國人最好」
她想也不想地想了一下說
「要戀愛嘛，那是德國人
熱情，忠誠」

卡夫卡的舊筆記

從清晨六點起
連續學習到傍晚
發覺我的左手
憐憫地握了握右手

黃昏時分
由於無聊

我三次走進浴室
洗洗這個洗洗那個

生在任何時代
我都是痛苦的
所以不要怪時代
也不要怪我

佩特拉克

佩特拉克走在前
他後面便是人文主義
他沒有想到他是人文主義之父
所以好，所以我們談得來

寬容的夜色

在大法官廳巷耽擱到晚上九時
略微有些頭痛，去戶外走走
船來船往，狹窄的流谷清晰可辨
峭壁之間的天空降落寧靜的夜
泰晤士河，對岸堤上亮點斷續
就這個地方而言，此刻是最好的時分
寬容的夜色遮掩了河水的汙濁

燈光有紅、橙、煤氣之黃、電的白
錯雜在灰紫黛綠的平幕前
穿過滑鐵盧橋幽黑的拱洞
勾劃出一帶彎曲的陸地，矮牆上方
矗立著西敏寺大教堂的高塔
裡面莎士比亞自撰的墓誌銘是偽造的
只能也像夜色那樣地垂垂寬容了

知堂詩素錄

水師學堂

惠民橋下因為要通船隻
都是豎有很高的桅杆的
橋上面又要通車馬
所以橋是做得可以開關

遇上開橋的時候
便須等候個把鐘頭

橋的這邊有一條橫街
很狹，各種鋪子
盡頭通江天閣，吃茶遠眺
當然是可以望見長江
其實也只是一句話而已

由惠民路沿著馬路進城
走上頗長的高坡
就是儀鳳門，左獅子山
上設炮臺，不准閒人進入

可以望見機器廠的大煙囪
煙囪經年不冒煙
不過煙囪在那裡，那裡便是水師學堂了

城南和下關

往城南去
大抵步行到鼓樓
吃過小點心
買了油雞鹵鴨
坐車回學堂
飯已開過
聽差給留下一大碗

開水泡之
佐以雞鴨
剛好吃得又飽又香

若是逛下關
可以步行來回
到江邊一轉
看人們上下水輪船
在一家鎮江揚州茶館
吃幾個素包子
不過須在上午才行

新生和低級班的學生

喜歡穿著操衣
總是誇示的意思
我輩則改御長衫
有點倚老賣老
或者世故漸深
覺得和光同塵行動比較方便

濕點心

路過各處碼頭
輪船必要停泊
客貨上上下下
各路商販兜售什物

不過大抵以食品為主
杭滬道上的糕糰
實在難以為懷
糯米粉粳米粉蒸成的
浙江遍省都有，嘉興、蘇州也有
到南京就沒有了
由於兒時吃慣「炙糕擔」
一見糕糰就顯出情份來
魯迅也是喜愛糕糰的

見魯迅先生愛吃糕糰，更覺可親可敬，世界大同。

路菜

從前大凡旅行
路上吃食自理
家裡有人出門
就得早備路菜

重要的是湯料
香菇蝦米京冬

那叫麻雀腳者
筍的嫩枝曬乾

主菜當然火腿
醬雞臘鴨之類
特製一種醃物
號稱家鄉肉也

後來上海流行
肉鬆燻魚糟蛋
美味而且方便
不必勞神費心

可奈回想路菜
畢竟醰醰有味
人生在於體會
今時哪及昔時

好吃

早晨扒了兩碗稀飯
到十點鐘下課
肚子餓得咕嚕嚕
派聽差去校門口買侉餅
加一個銅元麻油辣醬醋
蘸著吃得又香又辣又酸
比山珍海味還鮮美點饑

實在特別好吃
未必出於餓極了的緣故吧

歐陸小子在抬頭

好萊塢
不好了
通俗文化
此路不通

波恩——漢斯說
太多的美式文化

反而覺得
歐式　新鮮刺激

巴黎——維隆說
我最想去
威尼斯，羅馬
佛羅倫斯

芬蘭——希臘的年輕人
發現
他們之間的共同點
比與親生父母還多

德國《焦點》雜誌
給這群人貼上
「Yeppy」標籤
驕傲的歐羅巴年輕人

趕走米老鼠
謹防文化鼠疫
迪士尼樂園
都是長不大的孩子

就說舞蹈音樂吧
「Techno」
雖也饒舌

一躍而勝過美國饒舌歌

好呀

Eurokids

歐羅巴不需要覺醒

站在那裡就是好樣兒的

假的

西敏寺大教堂
莎士比亞的雕像下
一篇詩體的銘文

那青年背著包
估量他是從南歐來的
對我很熟習地一笑

他說，你相信這詩是真的麼
我說，相信是假的
他拍拍我的肩

從前慢

記得早先少年時
大家誠誠懇懇
說一句是一句

清早上火車站
長街黑暗無行人
賣豆漿的小店冒著熱氣

從前的日色變得慢
車、馬、郵件都慢
一生只夠愛一個人

從前的鎖也好看
鑰匙精美有樣子
你鎖了，人家就懂了

辛亥革命

知堂回想錄

該是睡的時候了
人民都極興奮
路旁密密地站著看
比看迎會還熱鬧
中間只留一條狹路
好讓隊伍過去

沒有街燈的地方人民拿著燈
桅杆燈，方形玻璃燈
紙燈籠，火把
小孩也有，和尚也有
教堂相近有傳道師
舉著白旗，上寫歡迎字樣
兵士身體都不高大
一張張飽經風霜的臉
整齊，快捷
慢一點就跟不上
Doale 駐紮的地方
去接的人們有的跟進
有的站在門外

大家高呼革命勝利中國萬歲
不久就來叫讓路
一班人把酒和肉挑進去
慰勞兵士
人們也就漸漸散了

風吹作響的板扉

都會的舊城老區，襤褸而藩庶
街衖錯雜，頂層閣樓敝敗欲傾
殘廢而嚴閉的門，黑暗的塵積的梯

保溫瓶，銅面盆，枕褥潔淨見真心
點燭、切蛋糕、倒紅酒、芳香彌漫
慶祝那種誰也莫問誰的糊塗生日

破簷低斜，人也站不直的愛的宮闕啊
膺背轉側間媚光四溢的天生尤物
婉孌廝混，何以驀然沛變，乍識至尊

滯鈍的鋒銳，甘美的苦楚，暢洽的逼促
紫金飛毯升騰於虹霓叢中穿山越嶺
拼卻富麗的粉身，以報堂皇的碎骨

東壁有扇風吹作響的板扉，呀然推出
極目都是汙穢的瓦房顛頓撲地
煙霧繚繞，人車喧闐，織布機磔軋不休
曦色中摸下樓梯，滿手油膩和灰

回寓投床如棄墓穴旋即昏沉睡去
夢中猶聞板扉作響，咿呀的板扉

愛爾蘭

西風吹發，挾帶雨意
愛爾蘭的空氣是大西洋式的
長滿石楠草的島，令人昏睡
愛爾蘭人一會兒走得輕快如小鹿
一會兒沉重像衰老的駱駝
我住在科克，很少能十一點前起床
那麼利莫里克呢，只有在利莫里克

上午九點半大街中央站著蒼鷺
噢，愛爾蘭，兩個小時內使青山變黃
變紫，變藍，再變成陰灰
城堡，磨坊，倉庫，壁壘，教堂，農舍
因為戰爭或沒人居住而廢毀
本來一天就沒有多少時刻是清醒的
何苦去營造精良的房屋呢

修船的聲音

手工勞作發出的聲音
總含有人的況味
不近不遠地傳來
引起我童年的回憶
江南水鄉，古老小鎮
運河對岸日日價修船
船底朝天，很開心的樣子

大太陽下裸背的男子們
又鏟又敲打，空船起著共鳴

大戰已近末期
新的生活用品又將多起來
我是總歸要出洋留學的
家庭教師沒有魄力為我說這個話
我自己硬想，人要走就走得遠
我已知道柏拉圖，柏拉圖式的愛
修船的敲打聲一直在蠱惑我
口誦著《公羊傳》、《戰國策》
心已隨薰風飛向愛琴海、地中海

克里斯港舊居

天氣陰冷的一個星期
在西部鄉間這是常有的事
不曾再到海邊去過
從庭院往外眺望
仍能看見大海的掀騰
狂浪衝擊岩岬盡頭的燈塔
湧向傾斜的灰白沙灘

鷗鳥也都飛進陸地來了
牠們鳴叫，在屋上盤旋
只有東廂房，外面是玫瑰園
才聽不到海的騷擾
白天，也難於盡然的
一望見海，心就亂
就想起從前，另座海濱棄屋
船艇模型桅杆間的蜘蛛網
瓷器上的青灰霉斑
床墊被碩鼠咬出的破洞
密雨打著屋頂鐵皮的繁音
發生在這間小屋的許多事
說不得，不能讓人知道

那時的天氣也常會連日陰冷
海鷗飛鳴於屋子的上空
事情發生了，又發生
說不得的，除非記憶
記憶就像滾滾浪潮
撞上海灣裡的礁石激出巨響
記憶的巨響人們是聽不到的

河邊樓

溷綠小運河
岸畔瓦房櫛比
蘆葦叢中石階
簷欄，盆盆紅花
江南市郊每若此
予嘗賃樓以安身
授業，鬻畫，卒歲

五年如一日（如一宿）
清明時節，雷雨過
推窗風來蛙聲滿水田
愛，就抱著愛
夜夜欲壑難填
通宵燈明，肉體如管弦
潤了這那又需那這
餐勝恣覆
聆訣逞癡
渾忘計智愚良莠
有耽無類，雋才出少艾
田野裡的麥芒呀
日照搖金，月籠流銀

小石橋堍密約
河灘淤泥裸足摟行
我們以形骸為贄禮
確曾是，蒙昧的智者
喜怒哀樂皆可念
雖然我並未預知
青春是一去不回來的

春汗

嫩寒風來
意緒怯生生
同樣的季節
那時有條河
河邊小樓
憑窗彌望田野
柳叢，竹林

農舍炊煙升起
我們在床上
天色還沒夜下來
鄉村總有人吹笛
我們窮
只此一身青春
我們在床上
簷角風過如割
淒厲，甘美
黑暗中笛聲悠曼
香熱汗體
我們在床上
小屋如舟

柳枝拂打窗檻
蘆葦，蘆葦
雨，我們雨
遠江輪船冉冉長鳴
繁華人世之廣袤
我們簡素
我們在床上

素描旅者

我在諾曼地作素描旅者
也就是背負行囊出入客棧
裝作研究畫道，觀察風景
無憂呀無慮，不思明天做什麼
停步，是為了一灣小溪
入店，是聞到油炸薯條的香味
幽會，在長滿櫻草的土坑中

或在保持白晝溫度的麥穗上
灰色粗布下的肌膚極富彈性
田野，森林，朝日，晚霞，月光
我徜徉在一個叫佩努鄉的小村裡
依波爾和艾樂達之間
海岸高而陡，像巍巍的城牆
踏著細軟的茸草，放歌
遠處一艘艘的漁船
碧綠的海，棕紅的帆
茂密的野菊和罌粟花
村裡有座報時的尖頂鐘樓
海鷗繞著飛叫
同時還可以坐在一處泉孔邊

俯身啜飲，沾濕鼻尖和鬍子
隨我自己設想是在與誰接吻

擁楫

越有舟子
擁楫而歌
今夕何夕
搴舟中流
今夕何夕
王子同舟
蒙羞披好

不訾恥垢
心頑不絕
得知王子
山有木兮木有枝
心悅君兮君不知

王子投抱
繡被覆之
被湧如雲
情霈如雨
今夕何夕
與子同第
今夕何夕

與子同體
悌澗愷栚
南風欒至
信流渙渙
莫知所止

公元前五百二十八年，楚國令尹鄂君子晳舉行舟游盛會，越人舟子擁楫作歌，以表無上之景慕，蓋詩三百篇中洵多至情至性之詠，猶未見鬱勃狂放一往無前如此者。夫道，有以死殉，有以生殉，而情，亦有死殉生殉之抉擇，草澤榜人，諸侯卿首，相去何啻天壤，此則至誠而無畏，彼則挺身以酬德，大勇大仁者也。想見晝光之下，新水之湄，眾目睽睽，雖千萬人我愛矣，豈不壯哉。舟子妙善傾吐，直赴性命，王子采烈興高，毋妄矜貴——無論何種模式的愛，心正意摯，皆現世福禔之由來也。鑑乎今人涉戀，動輒猥瑣偎佻，鬼蜮伎倆，那麼古人確鑿是愛得光華澄澈，元氣淋漓了。《說苑》以此歌列入「善說」章，自「今夕何夕」至「心悅君兮君不知」訖止十句，繼述「王子上前擁舟子入懷，舉繡被以覆之，交歡盡意」

——今概飭為四古，復於歌後廣十二句，推向童話式的迷離消失……篇終撫卷，軒渠如釋重負。

白香日注

晴涼
天籟又作
此山不聞風聲日少
泉音雨霽便止
永晝蟬嘶松濤
遠林畫眉百囀

朝暮老僧梵唄
夜靜風定
秋蟲咠咠如禱

午明暖
晚來雲滿室
作焦油氣
以巨爆擊之勿散
煙雲異，不溷
雲過密則反無雨
人坐其中一物不見
闔扉，雲之入者不出

扉啟，雲之出者旋入
口鼻內無非雲者
窺書不見，昏欲睡
今日可謂雲醉

朝晴涼適
可著小棉
瓶中米尚支數日
菜已竭，所謂饉也
采南瓜葉、野莧
煮食甚甘
予仍飯兩碗

冷

雨竟日

試以蕎麥葉作羹

柔美過瓠頁，微苦

苟非入山既深

安知此風味

埋豆池旁

際雨而芽

晨食烹之嘗試

入齒香脆

頌不容口

譴庵片簡

隆恩寺無他奇
獨大會明堂百餘丈
可玩月

徑下有雲深庵
五月，啖其櫻桃
八月，落其蘋果

櫻桃人啖後百鳥俱來
綠羽翠翎者，白身朱味者
嘈嘈各呈妙音

蘋果之香盛於午夜
晨起近嗅
淡逸，香異焉

天慵生語

桃花一種村落籬牆處為多
探之者必策蹇郊行始得其趣
笠翁之論妙矣余無以易而意與別
桃紅柳綠正取眺望如意之際耳

香奩新詠

昔人詠香奩者多矣，余復何贅。唯有數事作時世裝，予意以為不雅服妖也。

踵息道人

俏三寸

腦後挽小髻

長僅三寸

初起江蘇上海
今已遍傳吳越

玉搔頭
古有是飾
今間以五色
插至數十枚者
可笑

側托
髮上橫簪
排列多齒
金為之

或飾以玉石

齊眉

一名西施額

與網釵略同

彼分佈兩邊

此獨障前

京師五月

石榴花正開

照眼鮮明

居人每與夾竹桃列中庭

榴竹之間，配以魚缸

朱鱗數尾游漾其中

幾於家家如此

《燕京歲時記》富察敦崇著，茲去若干字，易一二字，泯其議意可也。

北京秋

知堂回想錄

今年北京的秋天特別好
郊外的景色更值得看
寒風中坐在車上眺望鼻煙色的西山
近處樹林後古廟，河邊微黃的草
不覺過了二三十分鐘，看不厭
這只是指空曠人家稀少的地方

最好的是南村和白祥庵之間

市街，那是很糟糕的
道路破壞汙穢，海淀尤甚
街上三三五五的閒人
學校或者商店門口貼出一條紅紙
寫著什麼團什麼營等等字樣
覺得這是占領地，不像在本國
歐戰的比利時大概是這樣的吧

海淀的蓮花酒頗有名
買了，不佳，我喜歡白蘭地、苦艾酒
近來有機制酒稅，價大漲，買不起

那時候正是「三一八」之年
馮玉祥的國民軍退守南口
張作霖的奉軍和魯軍進占北京
也就是所謂「履霜　堅冰至」的時期了

城和橋

知堂回想錄

此條皇城北面的街道
當初有高牆擋在那裡
牆的北面是馬路
車子沿牆走，陰沉沉
尤其下雪以後
靠牆的一半路面冰凍著

天暖起來，這就濕漉漉地沒完沒了

從前通什剎海的那座石橋
就有一部分砌在牆內
便稱西壓橋，與東邊的橋相對
那邊的不被壓故稱東不壓橋
西邊橋以北是什剎海，明朝名勝
夏季，擺些茶攤，點心鋪
賣八寶蓮子粥最有名，我沒吃過

楊子九記

六月初三日——拜方靈皋　不值

初六日——方靈皋未

初七日——赴方靈皋飯

初八日——作方靈皋《十七帖》

《廟堂碑》《蘭亭敘》跋

初十日——書方靈皋三帖跋又批其近文三篇

十一日——札方靈皋　歸其文稿法帖

十二日——張安谷方靈皋來　靈皋贈我秋石二餅

十五日——方靈皋蔡鉉升張安谷來　久之不去　飯之

十八日——夜方靈皋來

大瓢於六月初二到南京，至二十日午後乃乘肩輿去。在南京與方望溪往來甚密——昔人師友情誼每多如膏似漆者。閱楊子遺記，羨煞後現代鰥寡孤獨也。

西湖

掠明末王思任句

西湖之勝
水明山秀
朝暮抑揚
四時宜人

湧金門苦官皂

錢塘門苦僧、苦客
清波門苦鬼
微步岳墳蘇堤
孤山斷橋尤足留戀

可厭徽賈
重樓架舫
優喧粉笑
勢利傳杯

所喜野航雙棹
坐卻兩三
侶同鷗鷺

或柳蔭魚酒
或僧堂飯蔬
可宿可信
不過一二金而輕移曲采
盡西湖裡外之致也

少年朝食

清早陽光
照明高牆一角
喜鵲喀喀叫
天井花壇蔥蘢
丫鬟悄聲報用膳
紫檀圓桌四碟端陳
姑蘇醬鴨

平湖糟蛋
撕蒸筍
豆干末子拌馬蘭頭
瑩白的暖暖香粳米粥
沒有比粥更溫柔的了
東坡、劍南皆嗜粥
念予畢生流離紅塵
就找不到一個似粥溫柔的人
吁，予仍頻憶江南古鎮
梁昭明太子讀書於我家後園
窗前的銀杏樹是六朝之前的
昔南塘春半、風和馬嘶
日長無事蝴蝶飛

而今孑身永寄異國
詩書禮樂一忘如洗
猶記四季應時的早餐
若《文選》王褒之賦曰
良醰醰而有味

美粥豈易得　煮粥猶填詞
稀則欠故實　稠則乏情致
精明李清照　少遊受評嗤
我謂秦七粥　稀稠亦由之

單衣

游絲漾晴空
單衣的晝午以後
陽臺白椅積黃葉
蜉蝣劇舞上下
晚風中的兀立者呵
晚風之意亦未可知乎
知也，此生遲暮

於世徒微颸耳
桃紅柳綠坤眷事
旻夕廢院斜暉
蘆橘細蕾藥性清香
十月小陽春
勝友良朋的天氣
秋色乾尊色、鼎盛色
曲肱而枕的醉顏酡色
肝腸如火，嗔笑似花
最後的憨變無度
念澄江若練，麗子齊業
浴詠以歸，寤寐交揮
稱心而言，人亦易足

鶯已有極，過非所欽
晚風中的兀立者呵
晚風之意茲議盡然乎
然也，晴空漾游絲
晝午以後的單衣
白椅陽臺黃葉積
上下劇舞蜉蝣

伯律珂斯的演說

此外，我們提供多種方法
使人在紛煩的事物之後得到休息
我們終年舉行娛樂和典禮
優雅的住宅使生活晝夜舒適
宏大的城市吸引各國的貨物運到港口
斯巴達人以嚴酷的訓練教育公民
我們雅典人則隨意地自然成長

同樣能面對任何險難或災禍
斯巴達人不敢單獨進犯，動輒結盟前來
雅典人欲入鄰國時無須別求支援
我們不用整支軍隊對外征戰
因為既要守護海上又要執勤於陸地
是故敵人的失敗乃敗於全體雅典人之手
我們呢，習於安逸，不欲勞苦
我們的勇敢自然天生而非鍛鍊所致
每當需要時，矍然奮起，英勇無畏，克敵致勝

在希臘羅馬的英雄譜中，我自幼就獨鍾伯律珂斯，他的臉型五官極美，剛毅而溫茂，象徵著雅典的全盛時代。一九九五年初夏，在大英博物館幸遇伯律珂斯的雕像，有他鄉遇故知之感，謹錄其演說辭一節，尊為高貴的詩篇。他是藝術家的好朋友。

甲行日注

初六日戊寅，晴大風

抵暮，嫗以燒栗十枚

烘豆一握，遺予下酒，寘几上去

瓶油已罄，無以舉燈

點火於枯竹片，左手執之

右將傾壺，火忽滅

餘光未及暗盡

倚短窗下嚼四栗，飲三甌

暗中捫床而寢

甲行日注又

十日丁巳　晴

初聞黃鸝聲

猶憶離家日聽雁也

十七日丙辰　晴風

中夜偶起　白月掛天

洑流薄岸　村犬遙吠

明季鄉試

至日，按院在三門上坐點名
士子入場，散題

次日辰時放飯
大米飯，細粉湯

竹籮盛飯，木桶盛湯

讀者服務卡

您買的書是：______

生日：　　年　　月　　日

學歷：□國中　□高中　□大專　□研究所（含以上）

職業：□學生　□軍警公教　□服務業
□工　□商　□大衆傳播
□SOHO族　□學生　□其他 ______

購書方式：□門市 ______ 書店　□網路書店　□親友贈送　□其他 ______

購書原因：□題材吸引　□價格實在　□力挺作者　□設計新穎
□就愛印刻　□其他 ______（可複選）

購買日期：______年______月______日

你從哪裡得知本書：□書店　□報紙　□雜誌　□網路　□親友介紹
□DM傳單　□廣播　□電視　□其他

你對本書的評價：（請填代號　1.非常滿意　2.滿意　3.普通　4.不滿意）
書名______　內容______　封面設計______　版面設計______

讀完本書後您覺得：

1.□非常喜歡　2.□喜歡　3.□普通　4.□不喜歡　5.□非常不喜歡

您對於本書建議：

感謝您的惠顧，為了提供更好的服務，請填妥各欄資料，將讀者服務卡直接寄回或傳真本社，我們將隨時提供最新的出版、活動等相關訊息。

讀者服務專線：（02）2228-1626　讀者傳真專線：（02）2228-1598

廣　告　回　信
板橋郵局登記證
板橋廣字第83號
免　貼　郵　票

讀網「碼」上看

235-53

新北市中和區建一路249號8樓

印刻文學生活雜誌出版有限公司　收

讀者服務部

姓名：＿＿＿＿＿＿＿＿　性別：□男　□女

郵遞區號：＿＿＿＿＿＿＿＿

地址：＿＿＿＿＿＿＿＿

電話：（日）＿＿＿＿＿＿＿＿（夜）＿＿＿＿＿＿＿＿

傳真：＿＿＿＿＿＿＿＿

e-mail：＿＿＿＿＿＿＿＿

飯旗二面前走，湯飯在後

自西過東

由至公堂前抬走

正行之際

曉事吏跪稟老爺抽飯嘗湯

遂各盛一碗

按院親嘗可用始令放行

至月臺下，一旗入西文場

一旗入東文場

至二門

二旗交過堂上

一聲梆子響

各飯入號，散與士子食用

次放老軍者

俱是小米飯，冬瓜湯

一樣散法

按院不復嘗

午間散餅果
向晚分蠟燭

加拿大魁北克有一家餐廳

Fourguet Fourchette

來一杯野生辛香的淡苦啤
金色可愛，以配前菜

來一杯成熟果味的白啤
陪伴海鮮，細嚼慢嚥

接著，一杯葡萄馨息的黑啤
侍奉你的炭火燒烤

或者含辣的赤褐啤扈擁燉鍋
如果外面飛雪，添一杯野櫻桃熱啤

啤酒起源於中世紀歐陸修道院
修士們擅長調配種種藥草以製酒

偶然的一個機緣中誕生了啤酒
就像偶然的一個機緣中我發現了你

慕尼黑市政府廣場有好餐館

Zum Franziskaner
位於 Residenz Strasse 九號
有七百年歷史
烤豬腳，皮脆肉香汁多
配上玉米做的燕麥包、白啤酒
活脫脫一頓家庭晚餐

我與德國

我與德國兌換音樂，兌換哲學
事情還可追溯到羅馬時代的巴伐利亞
不過我是研究啤酒史的，崇拜巴斯德
發現微菌傳染，影響人類福利有多麼大啊

遠眺慕尼黑舊城的高樓和教堂鐘塔
天氣好，清晰看到阿爾卑斯山上的積雪

啊，德國，我的少年是託付給你的
我們終究因為太相像而就此分別

西班牙人

致普利卻特

地中海邊的人都知道自己要什麼
知道要的東西是什麼樣，在哪裡
進了餐館，每種肴漿都加以盤問
廚師時常出來視察顧客們的反應
對他烹調的食品有何不滿就直說
這是件榮幸的事——商店裡也一樣

伙計把所有的布所有的鞋鋪開
毫無怨尤，反而讚歎貴客眼光精明
生活是為了獵取喜歡而又買得起的東西
要緊在於願望，滿足願望不能吝嗇時間
法國人崇尚規章制度以應付不時之虞
西班牙人不吃這一套，他掏出五個法郎
以付四十法郎的午餐，大聲說決不多給
事情是在火車中，招待喊出高級管理
高級管理找了個會講西班牙語的人
西班牙語者請示領班，領班帶著兩彪漢
可是西班牙人不吃這一套，只好上報
當局來了，紅白藍三色的共和國標記
「我命令你付帳，你有什麼意見」他說

「Iporque no me de la gana」，並非不付帳
而是付帳的願望或意志還沒來找我
「拿護照來」紅白藍者就是駐車警官
西班牙人孩子般地乖乖交出護照
之後他站在車廂門口的過道上，憂鬱
尚有四五個年輕的西班牙人也一聲不響
溫馴，蒼涼，無奈，彈起懷中的吉他
那不肯付帳的老西班牙人和著琴聲唱
「我是窮人，他們傷透了我的心……」
火車快速地前進，越過邊境——在法國
在阿爾或者馬賽，只要看到這種情景
冷漠，茫然自傷的神色，噢，西班牙人

我至今猶在等候

驛馬車行業中
特快馬車的出現
使時間再度縮短
當年，能與驛馬車爭鋒的
就是郵便馬車
車上除了郵件也載旅客
此外，還享有特權

任何車馬擋道，必須讓路
車掌兼保鏢
佩戴槍枝，以衛護郵件和旅客
我所等候的就是這樣送來的一封信

浮世繪

悼永井荷風，意譯片斷

嗚呼，浮世繪
苦海十年為親賣身的遊女
斜倚竹欄，俯瞰流水的藝妓
賣宵夜麵的紙燈停在河邊
夕照中滿樹紅葉黃葉
飄風的鐘聲，花謝紛紛

途遇日暮山路依稀的雪
凡此無償無告無望的
於我都是可懷可親
嗟歎人世只是悠忽一夢
嗚呼，我愛浮世繪

清嘉錄

其一

平明舟出山莊
萬枝垂柳，煙雨迷茫
回眺岸上土屋亦如化境
舟子挽纖行急

誤竄層網中，遂致勃谿
登岸相勸，幾為鄉人窘
償以百錢，始悻悻散

行百餘里，灘險日暮
約去港口數里以泊
江潮大來，荻蘆如雪
肅肅與風相搏
是夕正望，月似紫銅盤
水勢益長，澎湃聲起
俄聞金山蒲牢動，漏下矣

其二

梅雨時備缸甕收舊雨水
供烹茶，曰梅水

梅天多雨，雨水極佳
貯之味經年不變

人於初交黃梅時收雨
以其甘滑勝山泉

南方多雨
南人似不以為苦

春

迎春送春是說說的

春天又不是一個人

水仙

「二戰」的連天烽火中
邱吉爾對西西里的島民說
必須繼續種植水仙
然後運到倫敦去
慶祝勝利

普希金的別調

到特維里時，你可以
在哈良尼或科隆尼
要帕爾瑪乾酪拌的
通心粉，再加煎蛋一份

在托爾什克，閒時
別忘了上波查爾斯基

點一道油炸肉餅
吃完後緩緩上歸程

當鄉民把笨重的馬車
向著亞日里比茨拖行
朋友啊，你一定會
瞪直了貪婪的小眼睛

人們向你兜售鮭魚了
你立刻叫人洗刷、清燉
看著，魚剛剛發青
就把白葡萄酒倒入中心

我

我是一個在黑暗中大雪紛飛的人哪

跟秋天的落葉一樣多

這裡收集的鑄幣五花八門
把它們分分類是莫大的快事
英國的金畿尼，雙畿尼
法國的金路易
西班牙的杜布
威尼斯的塞肯
葡萄牙的姆瓦多

近百年歐陸各國君主的頭像
還有古怪的東方貨幣
上面的圖案像一縷縷的細繩
又像一張張蛛網
圜的，方的，中間有孔的
可以串起來掛在脖子上的
至於數量，跟秋天的落葉一樣多

一九〇一年

八月初二日　晴
晨至上海
寓寶善街老椿記客棧
上午至青蓮閣，啜茶一盞
夜至四馬路春仙茶園看戲
演天水關蝴蝶杯二劇
歸寢

知堂此一注，可想見多少往事。

韓家潭

步入大門後
便是一個院落
編著矮矮的青籬
菊花見殘了
天竺子紅如珊瑚豆
臘梅，磬口黃朵
香氣成陣撲鼻

上了水磨磚臺階
侍兒在外喚聲有客
裡面打起簾櫳
見是並排開間
兩明一暗，全有套房
床端靜置天然曲根座
清供瓶爐三事
左右八把檀木椅
配著小方高几
侍兒說，請爺書房裡坐
隨手掀開了白綾畫簾
既進，相了眉公椅就之
不免環顧周圍

背後架勢非凡的博古櫥
壁間掛著行草箋對
又有四個泥金條幅
寫得很娟秀的楷書
侍兒移步上茶
盞是白淨的官窯
揭蓋，碧澄澄寬葉龍井
水是什麼水
玉泉新挽的
俄而帷幔一啟
那人兒軒軒進來
頭上拉虎貂帽
身上全鹿皮的坎肩兒

下面駝色庫緞白狐袍
足蹬漳絨靴子
雙腿彎了彎
算是請安了

看看金烏西墜，玉兔東升，外面嚷聲客來，老二連忙爬起，一看是王胡兩位，都是猞猁猻袍子，帶著熏貂皮困秋，胡兒紐扣上掛著赤金剔牙杖，手上套著金珀班指，腰裡結得表褡褳，象牙京八寸，檳榔荷包翡翠墜件兒，一擄袖子，露出羊脂底朱砂紅的漢玉金剛箍，這箍要值多少銀子呀。

取人篇

稽古取人
堯取以狀
舜取以色
禹取以言
湯取以聲
文王取度
孔子取訥

皆有為焉
竊予無為
窻取須身
蒸騰鬚眉
豐鬘方頸
膺背嶱嵑
脅腹若流
肱股駘蕩
手足瑰瑋
軒渠磅礴
輸誠無廋
惟子之故
以永今朝

得之箕舌
四時不忒
敏行質咠
俱嗣芳躅
芒乎芴乎
象囂象喜

膚色頌

奇幻悅目的
人的膚色
物色著則定
唯膚色生生無盡藏
種族不拘
擇其俊彥
高逸之白

獷野的黑
黃多旖旎
褐其何其鬱勃
膚色之奧義
勾引情欲，究竟福禔
怎麼回事呀
是這麼回事
膚色乃多色之混合
苦了詩人，窘了畫家
怎麼回事呀
就這麼回事
傖傋好色好臉色
至情，好統體膚色

怎麼回事呀
誠這麼回事

人香

在現代世界的都市裡
洗滌機的良好功能
時常沐浴的文明習慣
統體潔淨，不會有異味
多好哪——可是，從前
從前的人各有各的氣味
其中某些個是極其好聞的

毛髮的肌膚的曖昧馨息
我自小就為此陶醉著迷
少艾者清越悠曼有奶味
馥鬱詭譎的是中年鼎盛期
噢，到二十世紀花失掉了芬芳
人亦隨之而沒有自己的嗅福
恐非洗滌機所能任其咎焉
地球本來是帶著人香而飛行的

抱背篇

景公蓋姣
羽人視僭
執而問之
何視寡人
羽人對曰
今言亦死
不言亦死

竊公姣也
合色寡人
公欲殺之
乃值晏子
不時而入
聞君有怒
公曰然哉
其色寡人
晏子對曰
拒欲不道
惡愛不祥
雖使色君
法不宜殺

公曰然乎
若使沐浴
將使抱背

這是一個誕謾的稗說，羽人何苦要窺景公，晏子何必要挽羽人，而景公何以要羽人助浴——此篇之入《晏子春秋》，良有以也，蓋羽人鍾情而亡命，晏子通情而達理，景公悟情而立報，古人亦忠厚之至矣。尤其妙在末了那一轉，率性若有神助，古人脾氣之烈，動作之大，現代傝褥何足望項背，遑論抱背。予行役域外，息交絕遊，故國囂塵，唯溫舊籍以靖離憂，偶值舛異，彷彿若疇昔之漏閱者哉，謹詩事之。既畢，臨窗一誦，誠不啻西山朝來爽氣也。

跟蹤者

酒店，咖啡店
散步途中
尼采和朋友
總覺得被人盯梢

後來一打聽
是有

是有人

——屠格涅夫

夜詞

尼采

午夜，流泉之聲愈響了
我心亦有一股流泉
午夜，萬類安息
誰人吟哦戀曲
我心亦有一闋戀曲

我心更有無名的焦躁
渴望得以宣洩
它從未平靜，難以平靜
我心中更有愛的訴求
正喃喃自語

但願我能化作夜
而我卻是光啊
扈擁著我的唯有孤獨
噢，但願我是黑暗
我就可撲在光的懷裡
餓嬰般吮吸光的乳汁

天上閃爍的群星啊
接受我的祝福吧
我不能歆享到你們的賜予
因為我活在自己的光裡

予素弗明受者之樂
奪取比受惠更樂
我窘於不停地施捨
我嫉妒乞者的灼灼眼神

啊，施予者的悲哀
飽餐後猛烈的飢餓喲
乞者從我手中得其所需

我觸及他們的心了麼

我很想凌辱那些受我燭照

攫回我所有的賜予

我多麼想作虐啊

夜更濃了

流泉之聲愈響了

我的心裡亦有一股流泉

我的心中亦有一闕戀曲

葉賽寧

決定了
告別故鄉
白楊樹葉不再在頭上作響

矮矮的家屋會頹倒
守門的老犬已亡故
莫斯科，將執行我的死刑

愛這個紛擾的都市
迷惘的亞洲
在藍天下昏睡

夜晚月色如水
鬼知道
我拐進熟悉的酒吧

通宵達旦
給娼婦們誦詩
與盜賊乾杯
心愈跳愈快

舌頭發麻，言語不清
我這個人跟你一樣完蛋了

五月

你這樣吹過
清涼，柔和
再吹過來的
我知道不是你了

天意人工

巴哈的六首無伴奏大提琴組曲
竟會在巴賽隆納被
十三歲的卡薩爾斯發現
真是天意啊天意

卡薩爾斯得了曲譜
持續研究三年、五年、十二年

然後公開演出，一輩子
真是人工呀人工

盧梭

盧梭的詩人氣質
大家看著已經吃不消了
不過最後的一次次散步
那是寫得好的，可算是救贖
他自己恐怕沒有這個意思呵

失去的氛圍

從前的生活
那種天長地久的氛圍
當時的人是不知覺的

從前的家庭
不論貧富尊卑
都顯得天長長，地久久

生命與速度應有個比例
我們的世界愈來愈不自然
人類在滅絕地球上的詩意

失去了許多人
失去了許多物
失去了一個又一個的氛圍

農家

農民的家
幾乎不講話

來了個客人
忽然鬧盈盈了

大家都講話
同時講同樣的話

色論

淡橙紅
大男孩用情
容易消褪
新鮮時
裡裡外外羅密歐

淡綠是小女孩

有點兒不著邊際
你索性綠起來算了

粉紅緞匹鋪開
恍惚香氣流溢
那個張愛玲就說了出來

紫自尊，覃思
既紫，不復作他想

黃其實很稚氣、橫蠻

金黃是帝君

檸檬黃是王子
稻麥黃是古早的人性

藍，智慧之色
消沉了的熱誠
而淡藍，彷彿在說
又不是我自己要藍囉

白的無為
壓倒性的無為
寬宏大量的殺伐之氣
黑保守嗎

黑是攻擊性的
在絕望中求永生

古銅色是思想家
淡咖啡，平常心
米黃最良善，馴順

玫瑰紅得意非凡
嬌豔獨步
一副色無旁貸的樣子

青蓮只顧自己
小家氣，妖氣

鈷藍是悶悶不樂的君子
多情，獨身，安那其

土黃傻，不成其色

朱紅比大紅年輕
朱紅朱在那裡不肯紅

灰色是旁觀色
灰色在偷看別的顏色

大紅配大綠

頓起喜感
紅也豁出去了
綠也豁出去了

浣花溪歸

出成都門
左萬里橋
西折，溪流纖秀長曲
如連環，如玦
色如鑑，如琅玕
窈然深碧
瀠回城下

皆浣花溪之委也

溪時近時遠

篁柏蒼蒼

隔岸幽森者盡溪

平望似薺

水木清華，神膚洞澈

人家住溪沿

溪蔽不時接

斷而復見

如是者數處

縛柴編竹頗具次第

橋墝一亭佇道側
署：緣江路

逾此，乃武侯祠
前跨溪，板梁一
覆以水檻
仰睹「浣花溪」題榜
有小洲橫陳波間，溪周之
其上又亭，額「百花溪水」

過梵安寺
杜工部祠在焉
像清古

不必求肖
又石刻像一，附本傳
碑皆弗堪讀

杜老二居
浣花清遠，東屯險奧
若嚴公長養
枕流可老
嗚呼，夔門一段奇
窮愁奔突
微斯人孰以擇勝暇整
殆天意之勖凌絕頂
悲夫，壯哉

萬曆辛亥十月十七日
初欲雨，頃之霽
使客遊者監司郡邑招飲
冠蓋稠濁，磬折喧溢
迫暮促歸，紛沓如潰
是日晨，偶然獨往
楚人鍾伯敬也

昔予嘗選譚元春散句成〈明人秋色〉篇（見《巴瓏》集），二三子以為得未曾有，僕敢不避席，蓋竟陵專主靈峭，逼之更上層樓，以期境界矍出耳。今及鍾惺遊記，似不若元春之憨變神飛，而峻切處亦難為懷。又鍾與譚同輯〈古詩歸〉、〈唐詩歸〉，本篇從之曰「浣花溪歸」。

夏日山居

遍地懸鈴木
樹葉雜花橫生
紫檀，木蘭，石榴
扇形的棕櫚
油潤潤的烏桕

朝暾初升

小丘上陽光已很強烈
芬芳的霧閃著蘭暈
林藪蓊鬱，群巒後
終年積雪的巍巍高峰

歸來時不免要經過集市
暑氣蒸騰，買賣興旺
乾糞塊作燃料的煙味中
擁擠著各族山民
昂藏的馬，謙卑的驢

切爾克斯人從容不迫
曳地的黑袍

赫紅平底靴
玄色纏頭下
不時射出鷙鳥般的目光

早餐天天是煎魚
白葡萄酒，核桃仁和水果
餐後，開始悶熱起來
關上百葉窗，昏沉
窗隙射進一束束金輝

隔著懸崖上的刺山柑
眺望紫羅蘭色的海水
每當夕陽西下

海上堆起豪華的雲彩
一幕無聲的壯麗歌劇

夜是燠熱黑暗的
火螢飄著橙黃的光
樹蛙發出玉磬般的鳴聲
待到眼睛熟習於黑暗
隱約望見空中的山脊和星斗

燈塔中的畫家

保羅・加利科

埃塞克斯沿海地帶
有個採殖牡蠣的村莊
大片沼澤，長滿青草蘆葦
近海，漸漸變為鹽鹼灘
爛泥中焯水留下許多小池潭
全英格蘭如此荒涼的去處已不多見

一九三〇年春末，愛爾德河口
我買了這座被遺棄的燈塔
也買了好幾畝沙灘

每隔一星期，到切姆伯里小村
購齊日用必需品
村民們叫我「燈塔中的畫家」

但我還有一艘船，十六英尺長
我能熟練地駕駛操縱
在狂風中難以應對時
就靠我一口牙，咬住繩索
牽引調整帆片的角度

另外，馴養在柵欄中的是大雁
年年十月，雁群從冰島飛來
從斯匹次卑爾根群島飛來
遮天蔽日，一片喧鬧聲
我常把牠們的翼尖剪掉
使牠們留下，為別的野鳥作告示
「這裡有食物和安全，宜於過冬」

春來了，翅羽復原
牠們要趕赴北國的召喚
秋風颯爽，牠們又回歸
繞著燈塔盤旋盤旋

大叫不休，然後在附近降落

我雖也畫牠們
更要畫的是鹽鹼地的荒蕪淒涼
風吹彎了高高的蘆葦
水潭反映著天光，很亮

偶爾對鏡畫自己，一臉誠實
只有畫燈塔的內部和外觀
才是我最大的娛樂
當然，但凡去年來過的鳥
清清楚楚，一看就認得
那是我更大的幸福

波斯王卡斯賓

Caspian

我的兒啊
你要記住
不管愛上什麼人
都不要放縱
從你肉中射出的精
是你的魂

一年容易
春季最好
夏令愛男子
冬天愛少女
秋高氣爽愛自己

顧客們一眼掃過便知意大利麵包的地位崇高
不容多想，粗黑的裸麥麵包浩浩然上架了
它們不像普通店裡被一律切成薄片
整個兒的圓，胖嘟嘟的 Rye，可見這裡的人
還是將麵包撕成小塊，蘸了奶油來吃的
烘烤房的大鋁門開了，原有的氣味敗散了
只見一位雙頰鮮紅的女麵包師捧著大托盤
她笑著說：我這是「愛爾蘭梳打」，啊久違了
多香啊，不記得多久以前吃到過的哪
剁碎的葡萄乾丁，聞起來，夏日的花香
本來是愛爾蘭家家必備的啊，「愛爾蘭梳打」

寂寞

法斯賓德的朋友
陪他到坎城參加影展
法斯賓德一瓶又一瓶喝威士忌
半夜，還要別人到他房裡來共飲
朋友不接電話，凌晨三點四點了

法斯賓德走過去敲門
敲門聲音之大
使人不得不開
法斯賓德站在門口吼道
你們根本不知道什麼叫寂寞

唯音樂如故

濱海木屋
草毯，藤椅
石桌上瓷盆陶罐
竹簾長垂不起
巴昔弗爾序曲
佛朗克Ｄ小調
攜來百合花，素白

之子膚色如青銅
獷野而貞潔
夭矯善盤謔
既夷既懌如相丁酬矣
公屍耒止熏熏
那種夜說長好長
說短誠然太短
那種黎明憊已憊極
猛烈又怎生猛烈
床上早餐吃什麼
已經快正午了
總以為一生就這樣下去
哪知身在異國聆及音樂

天人長暌，永訣

唯序曲、D小調淼淼如故

Les Nourritures Terrestres 一九四二年的中文譯本是在重慶出版的，紙質黃糙，鉛印模糊，而戰地的奈帶奈藹讀來受惠尤多：憂鬱是消沉了的熱誠，智者是對一切都發生驚異的人，「擔當人性中最大的可能」這是一個好公式——供少年閱讀的書，早也無用遲也無用，幸好在少年得到，此後醍醐師友一場，尼采是威士忌，紀德是葡萄酒。

一九八一

Parma

帕爾馬
米蘭與羅馬之間
悠靜，儼然中世紀
托斯卡尼尼生在這裡
帕格尼尼安葬在這裡
每屆明月當空

午夜之鐘響過了
陵園傳來小提琴聲
是二十四首隨想曲吧
不，從來未曾聽到過的

二十世紀的最後一天

西班牙
楚帕恰普斯棒棒糖
不停地滾轉而出
千百種情趣，迎合各國口味
斯洛伐克的
蘇慕娃在英國超級市場

從貨架上拿起兩包泰國的泡麵
南太平洋吐瓦魯
當局必須賣出網路國別網域名稱
才能籌得四百萬美元的造路經費

西非的多哥
街頭小販衝來衝去
兜售肯尼·羅吉斯的ＣＤ專輯

黎明
美國緬因州
波特蘭濱海工廠

韓利在為不討喜的
北美的鮟鱇魚內臟過磅
內臟的目的地
一萬六千公里外的日本
日本人酷嗜這種魚的肝腑

土耳其
南部庫庫洛瓦平原
農民種植 Cotton
賣到美國去

巴黎人不再蓋羽絨被
他們要埃及棉絮

香港　卡內基酒吧
姓溫的小姐在餐桌間穿梭
慫恿男士們
一瓶又一瓶喝嘉士伯啤酒
中國大陸製造的
溫小姐為丹麥公司服務

巴基斯坦　白夏瓦
老市集
里亞茲跨過陰溝走向商店
換鈔機旁放著一只鋼質保險櫃
裡面堆著許多美鈔

巴黎—法蘭克福

火車直達
晚十一時啟程
翌日八時到埠

是否要甜點
明天早餐如何
雞蛋煎一面、兩面

哪種果汁
哪種麵包
火腿呢

有無要報關的物件
有則將護照付之

車廂是小房間
盥洗室，床
被褥白如新雪
鵝絨枕像嬰兒的面頰

次晨，早餐至

銀盤邊上放著護照

平凡的旅程
別處就做不稱心
這一切
都是拜個人主義之賜

個人主義是
把每個人都當作詩人來對待

下輯

找一個情敵比找一個情人還要難
女孩攏頭髮時斜眼一笑很好看
男孩繫球鞋帶而抬頭說話很好看
還有　那種喜鵲叫客人到的童年
像哈代一樣非常厭惡別人為我寫傳記
冰是睡熟了的水
給我的自由愈多　我用的自由愈少

彼癖而不潔　此潔而不癖

玄妙的話題在淺白的對答中辱沒了

吾民吾土　吾民何其土耶

創作是父性的　翻譯是母性的

天才是被另一個天才發現的

新買來的傢具　像是客人

結伴旅行　比平居更見性情

我不樹敵　敵自樹

街角的寒風比野地的寒風尤為悲涼

遇事多與自己商量

一個人　隨便走幾步　性格畢露

惡人閒不住

老於世故　不就是成熟

乏辯才者工讒言

別碰　油漆未乾的新貴

第一個發明刮耳光的人多有才氣

彼者　作為遺老不夠老　作為遺少不夠遺

我們也曾有過黑暗的青春

懂得樹　就懂得貝多芬

哲學　到頭來表現了哲學家的性格

我不好鬥　只好勝

其實孤獨感是一種快感

好事壞事　過後談起來都很羅曼蒂克

也有一種淡淡的魚肚白色的華麗

唐詩下酒　宋詞伴茶

懷表比手表性感

信投入郵筒　似乎已到了收信人手裡

常見人家在那裡慶祝失敗

有的書　讀了便成文盲

海上的早晨　好大好大的早晨

自身有戾氣者　往往不得善終

你背後有個微笑的我

你是庖丁解牛不見全牛　我是庖丁解牛不見庖丁

至今　鄰家的敲門聲　猶使我吃驚

性格極好　脾氣極壞　微斯人吾誰與歸

春之神是步行而來的

昔者我為長者諱　今也我為少者諱

凡倡言雅俗共賞者　結果都落得俗不可耐

愛孩子　尤愛孩子氣的成人

你再不來　我要下雪了

從未在夢中吃到美味的東西

我們不會有呼天搶地的快樂

下午總比上午聰明

不知其人觀其床

任何一種考試　我都感到屈辱

初生之犢不怕翻譯虎
我的童年　祖輩蒼勁的咳嗽聲
畸戀止於智者
天使不洗碗
世上多的是不讀孔孟的儒家
一聲噴嚏見性格
蠢　都是資深的

君子憂道亦憂貧

世界是一口鐘　敲在任何地方　都會響的

每個人的童年都沒有玩夠

他愛藝術　藝術不愛他

或者　我善於用思想去感覺

善而俗　其善出於其俗　不足多慕

十月小陽春　走訪舊情人的天氣
我曾見的　莎士比亞無鄰居
柔情附麗於俠骨
僧道不棋　棋機心也
高逸不棋　計無操　徒逞點智耳
名將不棋　運兵運其心　棋子木石也
自然界已開始鄙視人類

泰唔士河畔浮埠上喝啤酒　望之一色是商人

毋王　王者相足矣

人在江湖身由己　曲逢周郎弦不誤

回中國　故居的房門一開　那個去國前夕的我迎將出來

無審美力者必無情

從前的那個我　如果來找現在的我　會得到很好的款待

久別重逢　那種漠然的緊張

眾神消亡　以希臘的神死得最安詳

米開朗基羅的世界是個雄世界

我是Oak

歷史是一條它自己會走的路

像火車鐵軌邊的蔓草那樣的一生呵

十九世紀所寄望的可不是二十世紀那樣子

一夜透雨　寒意沁胸　我秋天了

智慧是劍鋒　才華是劍氣　品德是劍柄

孔丘自視極高　以為沒什麼人能看穿他

藝術在完成之前什麼也不是

達文西內心的祕密根本不寫進他的筆記裡

米開朗基羅畫稿也不多留　這種吝嗇才高貴

行文宜柔靜　予素未作擲地金石聲想

花已不香了　人裝出聞嗅的樣子

我少年時　花還都很香　不同的香

精神王國無宮廷政變可言

悲　喜　都含有一點傳奇性

相人相骨　且看多少人俗骨牽牽

神祇仙家也要上班值日　那就算了

上海話的「呆佬」　倒是元朝的俗語
時代容易把人拋　綠了櫻桃　紅了芭蕉
黎明　天上幾朵嫩雲
長文顯氣度　短句見骨子　不長不短逞風韻
普希金的「祕密日記」大有深意　他自己是不知道的
好像《紅樓夢》這部書是紅學家寫的

人類是一種喜歡看戲的動物

中國文化博大精深　只有用顛覆的姿態才能繼承

思想家一醉而成詩人　一怒而成舞蹈家

哥兒們聚吃一頓涮羊肉就算赴湯蹈火了

我的存在已經是禮節性的存在

在「桃園三結義」中你演什麼角色　我演桃花

憂來無方　但是也有樂不可支呀

豈只是藝術家孤獨　藝術品更孤獨

讀者應是比作者更高明　至少在一剎那間

我之為我　只在異人處

個性強好　已近乎天才了

李商隱白璧微瑕唯在〈驕兒〉一詩

美國人喜歡色彩　因為美國人不懂色彩

鷹滑翔的時候　是牠思想的時候

高僧預知死期　獅象亦然

男子從頸到肩的斜度　正是希臘神廟破風的斜度

這也不過是獨立蒼茫萬家燈火的十五分鐘

春秋佳日　遊客如蝗

大觀園招宴　紅學家還是不赴為妙　要行令聯句的哩

風把地上的落葉吹起來　像是補充了一句話

漢王笑謝曰　吾寧鬥智　巧克力

少年人都是毫無準備地發育發情了

我一生沒有得到誰的鼓勵

如果你真能領會紅寶石藍寶石的意思　你就不會墮落

礦物是宇宙語言　植物是人間語言

我常與鑽石寶石傾談良久

漢玉　品德

翡翠　春心

珍珠　凝思

銅　誠懇

鐵　沒有幽默感

錫　傭僕

花崗石　非常自信

大理石　靜止的倜儻風流

陶器　到此地步　喜出望外

瓷器　中國的死靈魂

漆器　精明能幹　體貼忠心

木器　鞠躬盡瘁　朽而後已

竹器　隨你怎樣弄　它總能保持個性

布　安之若素

綢　自命不凡

緞　屏息的傲氣

錦　忙於敘情

綾　輕佻　但還老實

羅　想通了什麼似的

紗　裝作出世離塵

絲絨　充滿自信

羊毛呢　沉著有大志　大志若呢

燈芯絨　永遠不過時

卡其　世界是它們的

牛仔褲　亞當本色

石洗藍布　後來居上　平民的王者相

梯形褲　每代新人都要穿一遍

絕無幽默感的人　是罪人

禽獸交媾不浪漫　哺育期有柔情

提倡幽默　是最不幽默的事

主啊　兄弟得罪我　原諒他七次夠了麼　主說　已經不是兄弟了

論衣食住行　古代才享受

把寄與他人的希望收回來放在自己身上　倒也溫馨
俄羅斯人殫精竭力地思想　俄羅斯無論如何不出思想家
行人匆匆　全不知路上發生過的悲歡離合
走在老街上　我不來　街上是沒有這些往事的
橋　遠遠望去便有堅定淡漠的使命感
如果拿破崙與貝多芬會面　貝多芬是不讓的
沒有第二自然　也沒有第二人性

我回過頭去對十九世紀說　我們不該是二十世紀

二戰烽火中　唱「再會吧巴黎」　真叫感動

也許唯有我知悉何以尼采尤其留連威尼斯

尼采的思想是接得下去的思想

我曾見普希金的九世孫　癡肥　塊肉餘生記

我曾在紐約的地鐵中晤及意大利梅提西家族後裔

要有多麼好的心情才能抵禦十一月的陰雨天氣
對愛情的絕望　還只是對人性的絕望的悄然一角
春夏秋冬　我不忍說哪個季節最佳
孩子們在玩耍　健美機敏那個是王
先秦諸子　雅好比喻　固在乎明理　亦私心樂事也
故國市街　人都陌生　一陣陣風全是往前的風
二十世紀末　愛情死了已久了

哲思　性欲　竟是同一源頭

見李商隱讚杜牧詩　心就靜下來

直道相思了無益　且作新狂解舊狂

心之所以沉重　其中立滿了墓碑

熾烈愛過　難再愛　杜思妥也夫斯基說

我貪看青年們的天性在我面前水流花放

方言　比什麼都頑強

驚世駭俗　就是在媚俗

練習的時候是你愛藝術　創作的時候是藝術愛你

愈是高貴的地方　他愈顯得高貴

在任何異端的面前　他都是異端

人生可以寬厚　藝術絕對勢利

音樂波路壯闊　音樂家旅途貧辛

藝術家憑內心無盡的劇情而創作
必要是不露聲色的唯美主義者才可能是朋友
希臘神話就這一點錯　復仇女神應該是美麗的
梵蒂岡中心的那四根螺旋上升的大柱　非常之異教色彩
武器之邅遞　即人心之邅遞
平安夜　梵蒂岡做彌撒的大綱細節　都是耶穌所反對的

我所知的人性　也就是莎士比亞所知的人性

雪飄下來　我是雪呀　我是雪呀

燃燭　獨對雕像　夜夜文藝復興

巫　是人文之始　後來的人文排除了巫而每與巫對立

俗事俗物可耐　俗人不可耐

漢族是有極大可塑性的種族　卻也因而被塑壞了

天鵝談飛行術　麻雀說哪有這麼多的講究

玩物喪志　其志小　志大者玩物養志

門無風而自開的那種夜晚

我兄弟　你好在有一股豪氣一派靜氣

給他們面子是我自己要面子

冬日市郊小街　暗下來是傍晚　再暗就夜了

孔丘的學生中　我喜歡子路

文藝之神管成功　命運之神管成名

腦吃了一驚　心跳了一下　心為主麼

瓦格納承認這個世界　尼采不承這個世界

落魄英雄最可愛

一陣小雨過後　池塘分外澄碧

噢　惠特曼的《草葉集》原來是有寓意的

思想是抽象的感覺呀

食物的香味　它們自己很得意洋洋似的

戰爭的大命運中尚有各人的小命運

連朝大雪　初霽　鳥叫無力

其實幽默是最不宜黑色的

愛情是天才行為　早已失傳了

長不大的牛犢一直不怕虎

一次又一次覺得　靈智比肉欲要性感得多
烈風　晴空　水手們的肩背
思想像拉管　只要不斷　愈拉愈細
衣的翻領是一個重要的表情
智慧是海水　幽默是浪花
金屬的亮光　好像是一種不倦的熱誠
我保持著一些很好的壞習慣

風情萬種的禁欲生涯

牆上藤蘿佈滿新葉　一派春之軍威

燭光　靜靜對談　他的神色益發俊朗

歲月不饒人　我亦未曾饒過歲月

極討厭夢裡的那個我　白痴似的

即使偉大也是乞丐　即使乞丐也是偉大

世界上最神祕的是鏡子

人類是包法利　藝術家是包法利夫人

擔當人性中最大的可能的是耶穌

文化斷層中出現極具前瞻性的返祖現象是可能的

知己一已足　情侶百未闌

愛情　幻想出來的幻想

每見兵法家在保護自身這一點上忘了韜晦

說大話者慣貪小便宜

人是在等人的時候老下去的

桃花太紅李太白　楊公下忌柳下惠

王濟癖馬　和嶠癖錢　杜預癖《左傳》　余得錢買馬　馬上讀《左傳》

三傳中　《左氏春秋》好就好在不傳大義微言　特以記事勝千古

夏晚陽臺上　美國的風吹給我中國的往事

我之於酒　興高於量　陶然而不醉

擇友三試　試之以酒　試之以財　試之以同逛博物館

友誼也有蜜月

藹藹堂前林　中夏貯清陰　貯字唯陶公得之

整裝赴英倫　選的幾條領帶都是三十年代的

謝靈運慣用媚字　固媚

英國人的智慧消耗於薄物細故片言隻字上　以致不出大思想家

偽善　必要自覺才偽得起來　故尤可惡

牛津的建築和環境甚美　學生等於在教堂中上課

人有命和運　那麼動物呢

愈是現象複雜的事物　本質愈簡單

滋味最濃的勝　是反敗為勝的勝

霧中的丘陵　還未顯出青綠　鷓鴣聲聲　英倫的早晨

在我的文章中　看到「我」字　多半不是我

你的口唇極美　可惜你自己不能吻它

我的情人分兩類　草本情人　木本情人

暴徒處死　暴徒的一身壯麗的肌肉是無辜的

鄉紳入城　阿狗改名

蒙娜麗莎是達文西的自畫像　「若為女　當如是」

藝術的意思是叫你做藝術家

下筆如有神　不若下筆如有人

陶器思無邪　瓷器志竟成

尋耐味人

當海涅與歌德頂撞起來時　我在海涅這一邊

魏晉人健談　書簡寥寥數行　所以好

雷　風　自然界真是把春天當一回事的
從來就知道是感覺性的思想最好
想起杜牧　我微微笑　他會寫詩
全唐詩還是杜甫第一　萬國兵前草木風
古典的好詩都是具有現代性的
愚夫的背後　必有一位愚婦
你強　強在你不愛我　我弱　弱在我愛你

花的香是形而上的

我眺望秋的葉林　那麼我真是太久不與自然同在了

藝術而不藝術　就什麼也不是

藝術的極致竟然是道德　以音樂表現出來的道德

藝術是從來也不著急的

善與惡對立嗎　善好像與偽善對立

快樂來了　我總是像個病人那樣地接待快樂

歷史是家教

絕色美貌是看不清看不準看不完的

文章令人拍手　不若令人頓足

曹雪芹是把自己的性格分給了寶玉黛玉的

幸虧我是藝術家　可以不顧藝術理論

我所秉持的道德力量　純從音樂中來

樹啊　水啊　都很悲傷的　它們忍得住就是了
莫札特如果不知道自己偉大　怎可能如此偉大呢
聖經舊約有三百多處預言基督的降生　這就害了耶穌
戴高樂機場旁邊的那片柔綠草地　不能不佩服
我愛好詩人　所以對壞詩人特別恨
本來巴黎是可以值兩個彌撒的

這不是思想　這是情操
魏晉風度有兩種　狹義的　廣義的
我是讀者的讀者呀
是你們在那裡星光燦爛　我這裡總是暗淡寂寞的
從明亮處想　死　是不再疲勞的意思
果子成熟　不是果子老了
你使我感到分外的滿足和虛空

他是什麼　他有高深莫測的通俗性

他是一個飽經滄桑的少年人

看人看其頭腦　才能　心腸

我寫〈上海賦〉的意思是　俗可俗　非常俗

看〈上海賦〉　看作者是否昂藏慈悲罷了

當不再有肉體時　也就沒有疲勞

畏為良相　懶為良醫　願為良民與良人共度良宵

世上多的是無緣之緣

先忍受　後享受

蕭邦的音樂有一種私人性　故尤難為懷

與其說絕望和希望　不如說有對象的慈悲和無對象的慈悲

紐約紐約　你也老了　我一住二十四年

據說　我們對修佩爾特的讚美還遠遠不夠

我覺得坐在書桌前一如坐在鋼琴前

成也是海　敗也是海　海是帆船的致命情人

男宗夫如何　須括青未了

找不到理想　可以找個人來寄託你的理想

非君子則小人矣

就此快快樂樂地苦度光陰

眉山東坡什麼都能入詩　大謬

倪瓚的「一出聲便俗」　他用於一時　我用了一世

你二十出頭了　頸上還有奶花香

偉大的作品等待偉大的讀者

現象世界是複色的　觀念世界是單色的　好像是這樣

感謝你如此誠懇地欺騙了我

我不是牛　已經是牛排了

相敬如冰

文學是一字一字地救出自己　書法是一筆一筆地救出自己

藝術沒有抱歉　藝術沒有原諒

兵以正合　以奇勝　文以奇勝　以正合

予不嗜甘　而苦盡甘來之甘　嗜之

男男女女　美者未必有美足　故美足尤貴

玫瑰一願　願與莫札特的音樂共存亡

潮平　海水要睡覺了　我兒時是這樣想的

輕柔的談吐　心似深山流泉

眼會疲倦　眉不疲倦

眉是定型而靜態的　眉一旦動起來比眼還迷人

夏日將盡　一路蟬噪　二十年前這個時候來美國的

現代人車車而車於車了

長途駕車是不人道的
受辱實多者　容易受寵若驚
他們的文學史就是　排排坐吃果果
魏晉風度　不是個智商問題
唐伯虎那種不計怨仇的天性　真是良善到可恥
君不見既成現成的宗教哲學都是極小家氣的麼

宇宙無人文　奈何以人文釋之

人對宇宙　無態度可取無情操可言

或者　我不過是善於用思想去感覺罷了

由貧窮而構成的一點浪漫　予決不求人苟同

論癡　僕居三　一晏叔原　二唐子畏

寫論文　不要想到你的論敵

春天應該是晴　你說呢

沒什麼　不過我在想念你罷了
也有不少尚未看過我的書的讀者
疇昔人情如遠山　淡而見其巔
酒使我陶然　菸使我卓然
強烈的愛　開始會忘了性因素
口才一流　廢話百出

眼看他若有神助似地墮落了

噩運好運　都有雲裡霧裡之感

我看見了什麼呢　我看見人們的興奮和疲倦　都是錯的

世界是雌的　米開朗基羅造了一個雄世界

從前教師常罰學生立壁角　這些小小的達摩多可愛

暗暗受苦　默默享樂

忽有談話的欲望　環顧闃無一人

我有十二年不說話的黃金紀錄
到了泰晤士河畔　憶起五十年前很想在泰晤士河畔走走
治安一天天壞下去　王道樂土的瑞士
他有不少開一隻眼閉一隻眼的知心朋友
我怎好意思走近那個少年的我呢　他一定受不了我的善意
識時務　不如識俊傑

會當身由己　婉轉入江湖

我時常代人回憶

除了高壽而一事無成者　稱人瑞豈不羞死

也有愛情的門外漢

繁密的雨聲　很有作為似的

關塞極天唯鳥道　江湖滿地一漁翁　勃拉姆斯

同調

性欲是裸體的　愛情是穿衣裳的
看上去倒不像個騙子　這就是騙子
歐洲中心論是不智之論　歐洲意味著是中心就很好了
意味著的中心　比堅持著的中心更有中心作用
人與藝術的關係也是意味著的關係
藝術家都是自我拓荒者

淡淡地濃　濃濃地淡　人情味是這樣的

植物開完花以後都露著倦意

愛情　要看是誰的愛情

無審美力是絕症　知識學問救不了

人一入名流　便不足觀

自己模仿自己　失去了自己

很多事　是我單方面引以為怪的奇事

教會中人只寫懺悔錄不寫回憶錄

賭氣會產生一種很強的力量

生活中　我讓　不賢也讓　藝術上　不讓　賢也不讓

騙子是與你面對面的賊

第一陣涼意　在說　我不是夏尾　我是秋首

夕照　灰瓦頂上一層淡紅暗下去了

漫遊世界　隨時仰見中國的雲天

我的自信是可與人共的

藝術是一種愛的行為　愛「愛」的行為

自重　是看得起別人的意思

八尺龍鬚方錦褥　已涼天氣未寒時　拉凡爾、德布西近之

歌德七十四歲猶動情　到底是歌德

君子難近乎　遠小人則君子近焉

我習慣於幸災樂禍地看自己
命運之神　真是為誰辛苦為誰忙
友誼的蜜月過去了　我常有這種感歎
公園裡　坐著看月亮的老女人
吱的一聲　蟬被雀子啣住了　我的感覺是蟬
紳士淑女釵光鬢影　我只願在威尼斯暗夜小巷獨步

花香的褪淡消失　是嚴厲的警告

契訶夫是醫生　從不訴說他有病　他媽媽也不知道

我回來了　我將盾牌放在神殿的石階上

叩門聲是很有表情的

等人　總是蠢

詩人寫離騷　學者作離騷草木疏

我追索人心的深度　卻看到了人心的淺薄

禮貌實質是一種俏皮
禮貌　就是意在言外
我最瞧不起少年時期的我　良善到可恥
教堂的尖頂愈到上端用的材料愈少了
靜的旁邊是靜
十一月中旬　晴暖如春　明明指的是愛情

謀事在人成事在天　是演技派

才華十倍於你　功力百倍於你　我愛你

疇昔之夜　貴重衣料　保守裁剪　戴一只殺手鐲似的獨粒頭鑽戒

世界亂　書桌不亂

機智幽默亦無聊　不過其他的更無聊

他們以為警察說的就是警句

那些演唐明皇拿破崙的人　小時候算命都說是要稱帝的

有些事我樂觀其成　有些事我樂觀其不成

敦誠、敦敏為曹霑之友　如果換了叔本華和尼采呢

從前的上海還有弄堂國士小報文豪　現在連這種角色也沒有了

仿紅樓夢菜目　到蘭亭去集會　這就叫文化斷層

她慧眼錦口　其作品總有一種落落大方的小家氣

能體會到寂寞也是一種戲劇性時　就好

年輕時已能耐寂寞　是我僅有的一點過人之處
絕交養氣　失戀勵志
我遲去了六十年　英國已不那麼英國了
幸虧我沒生在唐朝宋代　否則五絕七律長調小令如何得了
負心人負了我之後還會去負別人　我平靜下來
我的情人因自己美得足夠故而不計較我的醜

監獄的牆上不掛畫

美食是偶然的　即興的　可一而不可再的

法國美食族嚮往中國四川風味　結局是心有餘舌不足

很怕英倫的假貴族　三分幽默　三十三分笑

錢財如樂器　不諳奏弄亦枉然

精神與財富對立　文化是誰也沒有繼承權

以前的海派只做不講　一上口　就算不得海派了

浩劫後　到廣州　夜聞「何日君再來」　時光活活倒流

若以「海派」為誇　實屬海派幼稚病

耶穌推翻法利賽人的桌子　桌子變成摩天樓

先要把別人的不義而富且貴看得如浮雲吧

倫敦夏日的舊貨市場　也是一種平面地獄

又回家了　回別人的家了

旅館中的一切陳設　無非告訴你此處非君家

鄉愿　藝術之賊也

再好的旅館也只可小憩不足深眠

通紅的爐火與純青的爐火是談不投機的

從歐陸回美國　我像海涅般的一肚子不合時宜

高段的寫實主義　寫實是個藉口

故知人不可苟固守　亦不可徒漂泊

歐羅巴　仍然證見我所思有據所愛不謬
琳琅滿目的紀念品　紀念一個查無實據的莎士比亞
不由衷的笑　附和性的笑　如此累人
可悲的是眼看友人迷失本性　更可悲的是也許這正是他的本性
藝術的神聖也許就在於容得下種種曲解誤解
我快樂嗎　噢我忍耐著不讓自己不快樂

思想可有可無　感覺卻是生命

人與世界是感覺著的關係

是那個自以為能永恆的這樣一個觀念　世世代代欺騙著藝術家

要麼你是藝術　要麼我是藝術　不會兩者都是　兩者都不是

坐聽別人說大話誇海口　我有一種身在曹營心在漢的感覺

你草莽　不英雄

我已忍了莊周尼采決不肯忍的東西

庸俗已近惡俗　惡俗就是惡

化蝶後　莫作蛹中態

悄悄地繼往開來　何必弄到皇皇的空前絕後

與神學對立　哲學方才出　否則既有今日何必當初

智者生涯　天天愚人節

藝術家憑什麼創作　獅虎在黑夜中眼睛發亮

獨坐廚房剝豆子　脈脈斜陽　思接千載視通萬里

小有才氣　反而顯得小家子氣

天堂地獄之虛妄　在於永樂則無所謂樂　永苦則不覺得苦

有一種立場　可以稱之為貝多芬立場

愈來愈覺出無禍便是福的深意來了

Jazz是一條界線　古典的浪漫的音樂到此為止

杜甫能寫到「盜賊本王臣」也真是夠高了

在我面前　你永遠無過失

每次你來了　我總有大難不死之感

那種寬衣解帶脫手表的夜晚

純乎私人性的作品就不是藝術

小的羅曼蒂克適宜人性　大的羅曼蒂克要死人的

詩寫到極頂好時就成了不白之冤

現實主義充滿教條時是最不現實的

感謝福樓拜曾比教育莫泊桑更為嚴厲地教育過我

美無性別　若有性別則是性不是美

鏡子　是上帝意想不到的

小失敗　有目共睹　大失敗　還以為是成功了

喜　笑　怒　不罵

李耳之水　莊周之木　耶穌的百合花　巴斯卡的蘆葦　康德的

星　皆無邏輯可循　卻是絕妙的修辭

我喜歡冷冷清清地熱鬧一番

一切可能　以致一切不可能

換了新浴缸　臨入水　有點不好意思

赴歐陸之前　我已聞到它們各國不同的氣味

不動　最好像金字塔那樣地不動

種種神童　就是沒有哲學神童

你見過上帝的鞋子嗎
路邊的樹幹上　倚著一根手杖
市橋人不識　相逢月色新
魏晉風度　只在燈火闌珊處
毫無目標地尋找我心愛的東西
遠洋輪船甲板上的獨來獨往
生活最佳狀態是冷冷清清地風風火火

誰也不懂天上的星　誰都喜歡看星星

俳句結集　大有火樹銀花之慼

小雪　不佩服

春雨綿綿　有什麼難言之隱

脫出宗教然後可以語哲學

脫出哲學然後可以語藝術

南黑森林的農民勸海德格別去柏林大學講課

張之洞中熊十力　齊如山外馬一浮

該有一篇童話　寫單隻襪子的哀史

正常的倦意是很享受的

我是悲觀主義麼　我何止是悲觀主義

修辭思維含有極大的遊戲性

萬念俱灰也是一種超脫

你愛文學　將來文學會愛你
清澈的讀者便是濃郁的朋友
眼睡了　眉是不睡的
郁李粉桃　這樣形容人是很有意思的
日落西山　小哈代說　一天又過去了
這明明是暗箭傷人喲

今天下午就是今天上午的未來

留得好記憶　便是永恆

枕頭兩面都熱了　阿赫瑪托娃是這樣寫的

像蕭邦者絕非蕭邦

德國人至今仍尊愛樹　貝多芬傳統

歐陸諸國每接鄰　天空卻不一樣

剛擁抱過　我相信　俄頃又憂心忡忡了

如果世界上只有一棵樹　那有多寶貴啊

英倫陰天　因為是陰天的英倫

十九歲的人　竟說我不入地獄誰入地獄

雪吸音　故雪夕異靜

有一種靜　靜得像個人　對著我靜

我書固劣劣　不願作人枕邊書

我樂意得「司湯達爾綜合症」　不過是要輕度的
齊國魯國都有我的讀者　齊魯青未了
臉笨　眼睛聰明　那就是聰明了
他們是路燈　我是螢火蟲
慈悲實出於無奈
暖意　涼意　很好受的
我是一個吃苦耐勞的享樂主義者

離開佛羅倫斯並不是告別藝術　藝術就是這點好

狂疾　是從失去分寸感開始的

苟日新　又日新　唯牛仔褲而已矣

一連隔著好幾條代溝　像梯田

僧來看佛面　我去折梅花

寫出一個疑題時　包含著可能有的答案　文學是這樣的

思想複雜　頭腦簡單　彼哉彼哉

北京話把私生活稱為「小日子」　怪可憐見的

「走人」將主體客體混合使用　妙

孟德斯鳩可以從早到晚保持明淨的心境

世事凡有勝者　皆勝於策略

杳無一人的游泳池　好像是個錯誤

那種靜　好像全是為了我似的靜

論及哲學　我總有瓜田李下的顧忌
不到一百年　漢人失落了漢語漢文
貪吃家鄉食品　是咀嚼童年呀
似成名非成名　這種狀態最佳
論詩　予廓然無師　徒沉醉耳
我讚歎的是　《四福音書》和《高盧戰記》

微風可愛　微風是神的話語

其實每一次戀都是初戀

所謂世界　不過是一條一條的街

任何花　含苞欲放時皆具莊嚴相

詩有法　詩無作法

書房的窗外一株樹　文學樹

藝術是無對象的慈悲

尼采已開始懷疑慈悲的對象

解釋神祕是為了使神祕更其神祕

我最感興趣的是人　人人人人人人人

杜思妥也夫斯基在稿紙四邊畫滿了人臉

我也曾猝倒在洪大的幸福中

看其思想　不如看其性格

我討厭肉麻　不過不麻就沒有肉了
和光　不同塵
把自己的生命含在自己的嘴裡以度過難關
不自由　就是不自然
不自然　就是不自由
你笑起來的笑　真笑
那些搖擺的樹枝　就是我呀就是我呀

微笑與狂笑的區別實在太大了

負心　不奇　奇的是負心之前的一片真心

韓波寫好了的句子固好　寫壞了的句子亦蔥蘢可愛

你常常美得使我看不清

十九世紀花香隨風飄散一千兩百公尺　而今至多三百公尺就聞不到了

生與死是不對稱的　不可比擬的

讀者千千萬　作者只一個　怎能面面俱到

盡我一生　所遇皆屬無緣之緣

所謂「八公山上　草木皆兵」　純乎是謝安的修辭思維了

也不過是揮金似土一錢如命地過了這輩子

提前穿夏裝的人好像並不壞

你將在我不斷的讚美中成長

一切可能　豈非就是一切不可能

不以成敗論愛情

吻　消釋了疑慮

不會思想的人的思想是可怕的

他是什麼　比他做了什麼　更令人神往　勃蘭兌斯是這樣評尼采的

榮譽帶來愉悅　更多的卻是感慨

等待高尚偉大的讀者　當他出現時　我就不再卑汙渺小了

凡是我看不起的人　我總要多看兩眼

那種吃苦也像享樂似的歲月　便叫青春

十足的藝術已打不動人　我用的是七分藝術三分魔術

禮失　求之野　野失　求之洋

他平平淡淡地學問好得要命

那麼亞當是上帝創作的藝術品

你的眼率領著你的臉　你的臉率領你的身

我喜讀葉賽寧的詩了　因為我付出的是慈愛

當時就有人說萊蒙托夫才高普希金

普希金是俄文的莫札特

我不是　葉賽寧才是最後一個田園詩人

可惜的事物其實是可恨　不過說得客氣點罷了

父萊因　母伏爾加　我們在小學課本上就讀到
安徒生被選為最偉大的丹麥人　一二一二一二
塞尚晴
無風達文西
勃拉姆斯年青時很秀美
思想家　這一稱謂好像是取笑　挖苦
感謝上帝　讓塞尚知道自己是偉大的

沒訂約　還是希望你別毀約
往往是還未開始愛　愛已過去了
我差一點點就是無神論　差一點點就是有神論
快樂的種類很多　我取彷徨不能成寐的那種
人腦只能想「有限」　「無限」是人腦不能想的
牧童老了　牛何以堪

在文字功夫上　又要不拘小節　又要注重細節

孟德斯鳩先生呵　也有在悲哀中也不像人的人呀

我真想對讀者說　享受呀　享受呀

文學是動作最小的藝術

芥川龍之介算是融入西方了　不過也有限

他時不時看看密友贈給他的腕表

情愛的觖望　每次不一樣　也可說都一樣

自殺者都是被殺的

麻木的人都愛說跟著感覺走

與神仙是沒有家常可聊的

且入名人錄　蓋江東父老信度而不信足焉

笑　天賦人權

笑　最後的人權

建築不許笑　建築一笑就完了

偉大的笑　只在文學裡　以此為文學賀

人與自然最融洽相處的是手工業時代

官癮即奴癮

小小的床上　睡著偉大的英雄

孺愛　友愛　性愛　慈愛

北方人的假豪爽　至少還知道豪爽是好的

終於海誓山盟地離了婚

錯字是明明白白地錯在那裡的

貝多芬晚年　生活差堪裕如　這一點也是表率

為何小提琴的極品一出現就無懈可擊

壞人說我壞　我感到恢復了名譽

韓非作「鄭人買履」　好像是在諷刺漢學家

他呀　盡寫些脂粉氣十足的道德教訓
我有一個花園　這個花園不是我的
寫到粗獷處　特別要細膩
溽暑中的都會　雷雨後路面蒸發的氣息
上海變了　夜晚衖堂口吹來的風還是這個意思
眾聲喧譁　總是藝術又失敗了　藝術的勝利都是靜悄悄的
早年流亡　一路耽讀雷馬克

別忘傑克・倫敦　在美國沒有人提了
美國人非常欽佩契訶夫　我笑笑
再見

後記

在歐盟各國轉遊九十天以上才需要簽證，若是只求法蘭克福待個三四天，拎本美國護照就行了。

飛越大西洋日，倫敦消失，法蘭克福出現，機組人員沒發任何表格，心裡有點癢兮兮。登錄一個不設防的國家，獨個子步在空蕩蕩的大廳裡，忽而閃出一位武裝的女警，滿面笑容，問我是否已經到站，然後指點一條捷徑，又索性引領我取入關，過程是「你好……再見」——我合法地站在德國的土地上了。

九月法蘭克福，晴朗，溫暖，許多大型展覽，激奮而安詳地鋪張著。清潔的石子路，擺開桌椅，三三兩兩的男女，啤酒在陽光下閃著柔潤的光，隨處可見一人獨坐者。

守時，是我的惡習。在德國，約定的時間之前十分鐘是準點。

傍晚，歌劇院四門大開，劇場的門也敞開，沒有人員主驗票，不買票的人不會在劇場裡坐下來，後臺，也可以隨意參觀。

一位俊美的男士帶我穿過狹窄的通道，看那幾位聲樂家一邊披戲服，一邊吊嗓子。

畫廊主，餐館老闆，咖啡廳領班都一口流利英語。坐在楓樹下的木頭長凳上，喝微甜的蘋果酒，將香香的臘腸送入口中，我決意在此結束這本詩稿，並題名為「雲雀叫了一整天」。

木心作品集

雲雀叫了一整天

作　　者　木　心
總 編 輯　初安民
責任編輯　何宇洋　施淑清
美術編輯　黃昶憲　林麗華
校　　對　何宇洋

發 行 人　張書銘
出　　版　INK印刻文學生活雜誌出版有限公司
　　　　　新北市中和區建一路249號8樓
　　　　　電話：02-22281626
　　　　　傳真：02-22281598
　　　　　e-mail：ink.book@msa.hinet.net
網　　址　舒讀網http：//www.sudu.cc

法律顧問　巨鼎博達法律事務所
　　　　　施竣中律師
總 代 理　成陽出版股份有限公司
電　　話　03-3589000（代表號）
傳　　真　03-3556521
郵政劃撥　19000691 成陽出版股份有限公司
印　　刷　海王印刷事業股份有限公司

港澳總經銷　泛華發行代理有限公司
地　　址　香港新界將軍澳工業邨駿昌街7號2樓
電　　話　(852) 2798 2220
傳　　真　(852) 2796 5471
網　　址　www.gccd.com.hk

出版日期　2012年9月　初版
　　　　　2017年3月30日　初版二刷
定　　價　350元
ISBN　978-986-5933-16-6

Published by INK Literary Monthly Publishing Co., Ltd.

Printed in Taiwan

國家圖書館出版品預行編目資料

雲雀叫了一整天／木心 著；
--初版. --新北市中和區：INK印刻文學,
2012.09　面；　公分.
ISBN　978-986-5933-16-6（平裝）
851.486　　　101010555